ISBN 2-203-33507-6

GOFFIN-RIVIERE

LE RESEAU MADOU

Couleurs : Françoise Procureur

casterman

BRUXELLES, 20 DÉCEMBRE 1938, L'APRÈS-MIDI S'AVANCE...
... DÉJÀ FINI ! QUEL DOMMAGE, JE ME DEMANDE SI...
LES EXPLOITS DE NICK ET RUDY
FIN
EH THIERRY ! QUE FABRIQUES-TU LÀ ?...
PENDANT CE TEMPS...
VOILÀ, MON AMI... LA COMMANDE DE MR BLUMENSTEIN A ÉTÉ EXÉCUTÉE À LA LETTRE !...
LE DERNIER NICK ET RUDY... FANTASTIQUE !
OH ! CHIC... TU ME LE PRÊTES, DIS ?...
NON, JE NE PEUX PAS, JE L'AI PROMIS À QUELQU'UN D'AUTRE...

IL EST DÉJÀ 17H30'
I.N.R. PREMIER PROGRAMME ... ≷DONG≶ CHERS AUDITEURS, VOICI VENU LE MOMENT DE RETROUVER, COMME CHAQUE APRÈS-MIDI, NOTRE AMI ISIDORE HOGIER QUI ANIME SON ÉMISSION "LE RENDEZ-VOUS MUSICAL"...
≷DONG≶ BONJOUR À TOUS! AUJOURD'HUI, AMIS DU JAZZ NEW-YORKAIS, JE VOUS PROPOSE D'ÉCOUTER QUELQUES RÉCENTS SUCCÈS.
S19/4
STUDIO 11
VOUS VENEZ D'ENTENDRE "IN THE MOOD" PAR GLENN MILLER ET SON ORCHESTRE, NOUS ALLONS ENTENDRE À PRÉSENT JOSÉPHINE BAKER ACCOMPAGNÉE PAR LE MELODIC JAZZ DU CASINO DE PARIS..
ISIDORE, LE PROCHAIN MORCEAU FAIT 6 MINUTES.. TIENS! L'ÉCOLE EST FINIE...
ATTENTION!, C'EST À TOI DANS DIX SECONDES!...

JE PEUX ENTRER ?
AINSI LE VOILÀ ! J'AI HÂTE DE LE LIRE...
LES EXPLOITS DE NICK ET RUDY
QUELQUE PART DANS LA VILLE...
TRÈS... TRÈS INTÉRESSANT ! C'EST UNE RÉUSSITE PARFAITE...
LES EXPLOITS DE NICK ET RUDY
BONJOUR, HECTOR !
MES RESPECTS, MADEMOISELLE...
LES EXPLOITS DE NICK ET RUDY
...ET J'ESPÈRE VOUS RETROUVER TOUS À L'ÉCOUTE... À DEMAIN !
C'EST... CE SOIR ?
EN PRINCIPE, OUI
8

AH MONSIEUR ISIDORE, QUELQU'UN EST VENU POUR VOUS CET APRÈS-MIDI.. IL M'A LAISSÉ CETTE ENVELOPPE.
TRÈS BIEN, MERCI MADAME LAUDACIEUX, AU FAIT, J'AI UNE PETITE COURSE POUR THIERRY.
CELA TOMBE BIEN, JUSTEMENT CE SOIR JE N'AI PRESQUE PAS DE DEVOIRS..
BON SANG!,
TU PEUX METTRE UN DISQUE, THIERRY. POURQUOI PAS JOSÉPHINE, ÇA ME CHANGERA!
VOICI CE QUE J'ATTENDS DE TOI : TU DOIS RECEVOIR DES MAINS D'UN "INCONNU" VÊTU D'UNE GABARDINE BRUNE UN PAQUET DE PAPIER JAUNE.. DEVANT LA STATUE DE GODEFROI DE BOUILLON ET CECI DANS UN PEU PLUS DE TROIS QUARTS D'HEURE... DES QUESTIONS?
NON, TOUT EST O.K., BOSS!,
TU PARLES COMME DANS NICK ET RUDY!

IL DOIT ÊTRE DANS UN TEL ÉTAT D'ANXIÉTÉ !, ... POURVU QU'IL ACCEPTE DE ME VOIR...
ÉDOUARD !, ÊTES-VOUS LÀ ?...
PERSONNE !, ?
BING

PSST !, PETIT !,
VOUS...VOUS ÊTES ...?
OUI, C'EST MOI !, PRENDS CECI ET SURTOUT NE LE PERDS PAS EN CHEMIN,
POUR QUI ME PREND CE TYPE ? JE NE SUIS PLUS UN GAMIN TOUT DE MÊME ...
JE VOUDRAIS BIEN VOIR LA TÊTE DE HOGIER QUAND IL SAURA !,
QUEL ENFANT, CET ÉDOUARD !,
MAIS N'EST-CE PAS CELA QUI LUI VAUT SON SUCCÈS ?...
OH !, EDDY, TU ES LÀ ... JE NE T'AI PAS ENTENDU ENTRER, OÙ ÉTAIS-TU PASSÉ ?...

MON VIEUX THIERRY, JE CROIS QUE LES CHOSES SE GÂTENT... CE QUE JE CRAIGNAIS VIENT D'ARRIVER... MAIS PEUT-ÊTRE SERAIT-IL TEMPS DE TE DONNER QUELQUES EXPLICATIONS...
OUI, DEPUIS LE TEMPS QUE JE ME POSE DES QUESTIONS, M'SIEUR ISIDORE !...
TOUT A COMMENCÉ VOICI DEUX ANS... LES SERVICES DE RENSEIGNEMENTS AMÉRICAINS ME CONTACTÈRENT UN JOUR...
..PAR L'INTERMÉDIAIRE DE MON AMI RONALD GRANT.
L'ENJEU ÉTAIT IMPORTANT... TOUTES LES PRÉCAUTIONS FURENT PRISES !
GRAMOPHONE & WIRE COMPANY
35 Pennsylvania Ave., Chicago
Cher Monsieur Hogie
Nous avons
sous pli séparé le catalog
nos dernières nouveautés.
Dans l'es
auditeurs de Belgique, n
expression de no
MA COUVERTURE ÉTAIT TOUTE TROUVÉE ! J'AI VÉCU QUELQUES ANNÉES À NEW YORK, OÙ J'AI CONSERVÉ BEAUCOUP DE CONTACTS... ET MON MÉTIER N'A FAIT DEPUIS QUE RENFORCER DE TELS LIENS !...
VOUS... VOUS ÊTES DONC UN AGENT SECRET, M'SIEUR HOGIER ?...
D'UNE CERTAINE FAÇON, OUI. CELA VA FAIRE UN AN QUE JE SUIS À LA TÊTE D'UN RÉSEAU DE CONTRE-ESPIONNAGE DONT LES ACTIVITÉS ONT ÉTÉ PARTAGÉES PAR MES COMPAGNONS DE L'OMBRE AVEC UNE EXEMPLAIRE DISCRÉTION... MAIS LE NOUVEL ORDRE DE MISSION QUE TU VIENS DE M'APPORTER EST BIEN CELUI QUE JE REDOUTAIS LE PLUS..

UNE, DE CES PERSONNES A TRAHI LE RESEAU MADOU ! ...

DE FLANDRES
Marie-Véronique
28 ans
Secrétaire particulière de
Samuel Blumenstein (Industriel , voir
fiche)
Avenue Louise n° 162
Bruxelles
5/7/37
Mission " Coquelicot "
Hôtel Palace
Micro- photographies Dcts Luftwaffe
(Général von Hulmer)
B L 5 X Mission réussie
BOGAERT
Emile-Adrien
52 ans
Rue de la Victoire n° 6
Saint-Gilles
Neuro- chirurgien
Hôpital St -Pierre de Bruxelles
15/3/37
Mission " Serpent Noir "
Congrès Neuro-chirurgie Berlin
Docts Ultra Secrets: Travaux Dr von Straub
P O 3 F Succès de la mission
1/4/38
Mission " Rose Verte "
Visite Laboratoires WERDA, Francfort.
A H I 3 Micro-photographies
TOUSSAINT
Edouard
dit " Eddy Morgan "
35 ans
Avenue du Pinson n° 137
Watermael-Boitsfort
Dessinateur de presse
(coll. " LE SOIR " - publié par
Ed. du Viking, Bruxelles.)
10/2/37
Mission " Cygne d'Argent "
Nuremberg : Repérage photo - base U 23
H B 4 1 Succès
1/4/37
Mission " Tulipe Jaune "
Visite Imprimeries Bach, Berlin
I L 8 3 Micro-photographies - (films détériorés)
27/12/37
Mission " Trèfle à quatre Feuilles "
ANNULEE.
VAN PEPERBOL
Alfred
49 ans
Rue du Page n° 45
Ixelles
Quincaillier
13/3/37
Mission " Hortensia "
Dépôt colis en rapport avec mission "Coquelicot"
(voir fiche)
L 2 8 M Mission accomplie
Mission " Clou de Girofle "
ANNULEE jusqu'à nouvel ordre
PLISSART
Etienne
61 ans
Rue Vilain XIIII n° 25
Ixelles
Chef du département d'Egyptologie
du Musée du Cinquantenaire - Bruxelles
2/6/37
Mission " Osiris "
Congrès d'Archéologie , Athènes
Hôtel Akropolis
6 H Ecoutes: Dr Eberhardt Enregistrements
Succès de la mission
5/3/38
Mission " Hécate "
ANNULEE pour cause de maladie
DELAIVE
Joseph-Louis
Chef d'orchestre
(Philharmonique National de
Bruxelles, dep. 1934)
56 ans
Rue Lesbroussart n° 34 bis
Ixelles
2/8/38
Mission " Triple Croche "
Concours International Mozart
Salzbourg.
Micro-photographies
R V 4 L Mission réussie
6/3/38
Mission " Fa-dièse "

... IL EXISTE AUSSI UNE FICHE ME CONCERNANT !, ... EN HAUT LIEU, J'IMAGINE QU'ON EST BIEN OBLIGÉ DE ME SOUPÇONNER !, NOUS VOICI TOUS LES SEPT CONTRAINTS DE FAIRE LA PREUVE DE NOTRE INNOCENCE ... MAIS L'UN DE NOUS MENT ÉVIDEMMENT !,
L'UN DE VOUS ... EUH ... D'ENTRE EUX EST UN AGENT DOUBLE, ALORS ? ILS ONT POURTANT TOUS L'AIR FORT RESPECTABLES ...
MA MISSION COMMENCE DÈS CE SOIR, J'AURAI SÛREMENT BESOIN DE TOI, THIERRY !, CELA NE T'EFFRAIE PAS ?...
EUH, NON, M'SIEUR HOGIER, D'AILLEURS VOUS LE SAVEZ BIEN !, ... MAIS JE COMMENCE À AVOIR SOMMEIL ...

MARIE-VÉRONIQUE, TOI ICI... J'ÉTAIS PARTI M'AÉRER UN PEU AU JARDIN, C'EST GENTIL D'ÊTRE VENUE...
CE VIEUX DÉMON DE BLUMENSTEIN T'A DONC LAISSÉ SORTIR? QUELLE BONTÉ !,
TU NE DEVINERAIS JAMAIS CE QUE JE LUI AI OFFERT CE MATIN !... TON ALBUM... EDDY !...
À SON ÂGE LIRE CES STUPIDES HISTOIRES QUE DES ARTISTES DE SECOND ORDRE NE DESTINENT BIEN SÛR QU'AUX ENFANTS...
ALLONS !, QUI SAIT SI CELA NE CHANGERA PAS UN JOUR... ÉDOUARD !, EN ATTENDANT JE TROUVE QUE TU DEVRAIS PRENDRE QUELQUES JOURS DE VACANCES..., TU LES AS BIEN MÉRITÉES...
TU POURRAIS PARTIR AU MOULIN DE MAELBEEK ET JE T'Y REJOINDRAIS POUR LE WEEK-END...
OUI, C'EST UNE IDÉE, SEUL OU AVEC TOI ?...
JE VAIS Y RÉFLÉCHIR... QUE DIRAIS-TU D'ALLER MANGER UN MORCEAU DU CÔTÉ DE LA GRAND-PLACE, MA CHÉRIE...

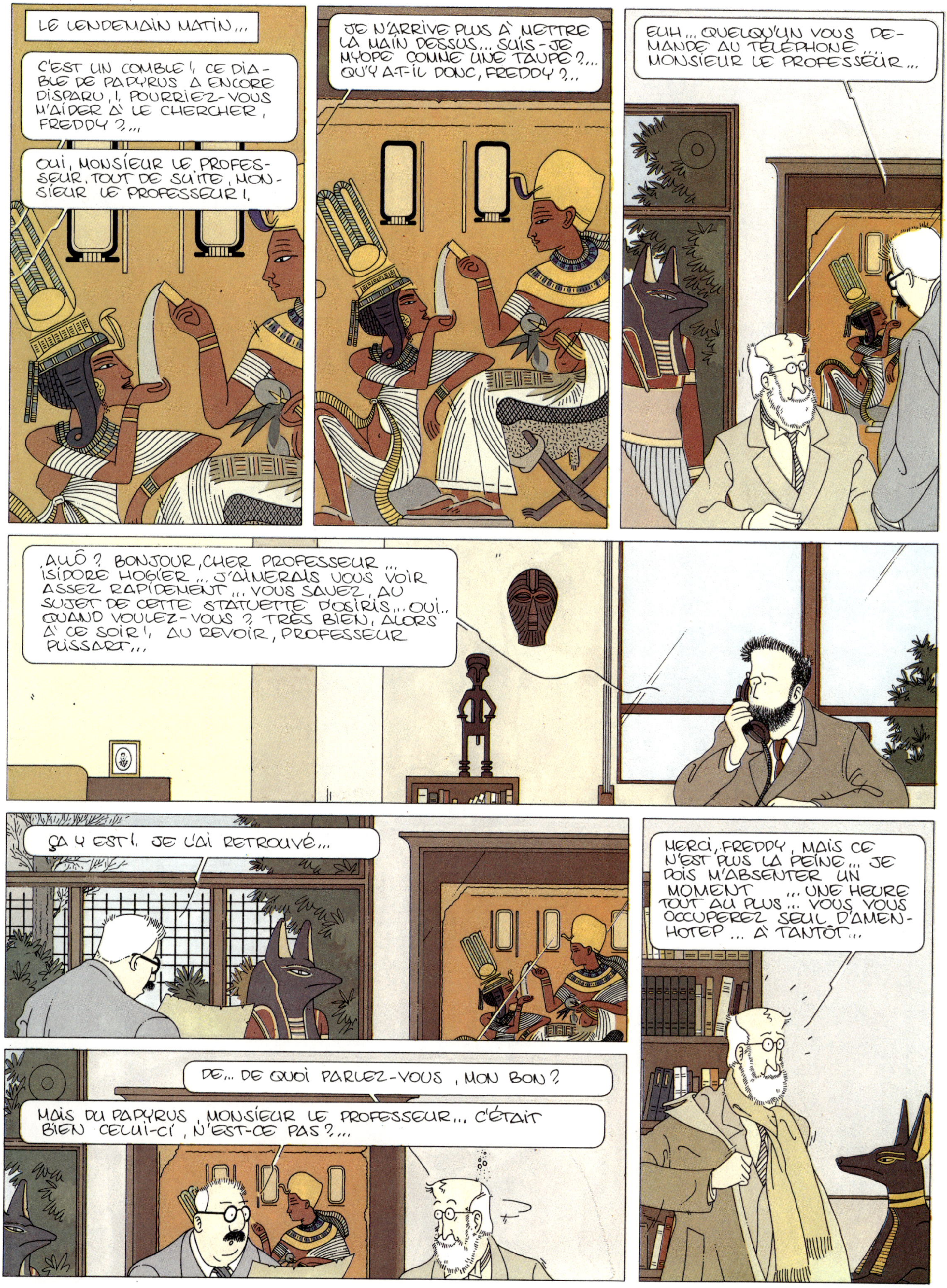
LE LENDEMAIN MATIN...
C'EST UN COMBLE !, CE DIABLE DE PAPYRUS A ENCORE DISPARU !, POURRIEZ-VOUS M'AIDER À LE CHERCHER, FREDDY ?...
OUI, MONSIEUR LE PROFESSEUR. TOUT DE SUITE, MONSIEUR LE PROFESSEUR !.
JE N'ARRIVE PLUS À METTRE LA MAIN DESSUS... SUIS-JE MYOPE COMME UNE TAUPE ?... QU'Y A-T-IL DONC, FREDDY ?...
EUH... QUELQU'UN VOUS DEMANDE AU TÉLÉPHONE..., MONSIEUR LE PROFESSEUR...
ALLÔ ? BONJOUR, CHER PROFESSEUR... ISIDORE HOGIER... J'AIMERAIS VOUS VOIR ASSEZ RAPIDEMENT... VOUS SAVEZ, AU SUJET DE CETTE STATUETTE D'OSIRIS... OUI... QUAND VOULEZ-VOUS ? TRÈS BIEN, ALORS À CE SOIR !, AU REVOIR, PROFESSEUR PUISSART...
ÇA Y EST !. JE L'AI RETROUVÉ...
DE... DE QUOI PARLEZ-VOUS, MON BON ?
MAIS DU PAPYRUS, MONSIEUR LE PROFESSEUR... C'ÉTAIT BIEN CELUI-CI, N'EST-CE PAS ?...
MERCI, FREDDY, MAIS CE N'EST PLUS LA PEINE... JE DOIS M'ABSENTER UN MOMENT ... UNE HEURE TOUT AU PLUS... VOUS VOUS OCCUPEREZ SEUL D'AMENHOTEP ... À TANTÔT...

BONJOUR, MR BLUMENSTEIN, COMMENT ALLEZ-VOUS CE MATIN ?
TRÈS MAL MON PETIT, LES VALEURS S'EFFONDRENT ! HEUREUSEMENT, LES DERRICKS DE LA B.S.O. TIENNENT BON ! JE VOUS TROUVE UNE MINE SUPERBE, MON PETIT...
BSO
VOUS N'OUBLIEREZ PAS QUE VOUS DÉJEUNEZ CE MATIN AVEC M. KASTLER, LE PRÉSIDENT DE NOTRE RIVALE ALLEMANDE...
AH ! MADEMOISELLE DE FLANDRES, ON A PORTÉ CE PLI POUR VOUS, IL Y A UN INSTANT...
MERCI, HECTOR...
... QUELLE AUDACE ! IL FAUT VRAIMENT QU'ILS N'AIENT PEUR DE RIEN... ENFIN, JE VERRAI TOUT CELA PLUS TARD...
BSO
BSO
... AVEC SON TEINT BASANÉ ET SES GRANDS FAVORIS ON LE REMARQUE AISÉMENT !
rendait souvent à Versailles et chantait devant la Cour.
réforme, et l'on promit au peuple
per. ».
RÉSUMÉ — Nos deux amis sont aux prises avec une bande de malfaiteurs qui écument la ville.
NICK ET RUDY par Eddy MORGAN
D'ICI, JE SUIS SÛR QUE NOUS NE POURRONS PAS LE RATER.
EN EFFET, NICK, AVEC SON TEINT BASANÉ ET SES GRANDS FAVORIS ON LE REMARQUE AISÉMENT.
BON SANG !
A SUIVRE
Downing Street, N° 10, à Londres,
On sait le goût des Américains pour les référendums. Nul ne s'étonnera

BONJOUR, CHERS AUDITEURS !!!, NOUS AVONS AUJOURD'HUI ...
LE GRAND PLAISIR DE RECEVOIR DANS CE STUDIO LA CHANTEUSE DIANA DALLAS, VENUE SPÉCIALEMENT À BRUXELLES POUR NOTRE PLAISIR ... HELLO DIANA ...
MERCI BIAUCOUP MR HOGIER ... JE SOUIS VERY PLEASED D'ÊTRE ICI AUJOURD'HUI ... JE VAIS CHANTER NOW SUR UNE MUSIQUE DE J. KERN "SMOKE GETS IN YOUR EYES
MAIS D'ABORD JE VOUDRAIS VOUS PRÉSENTER MON PIANISTE, NELSON FERNANDEZ !, ...
♪ THEY ASKED ME HOW I KNEW ♪ MY TRUE LOVE WAS TRUE ♪ I OF COURSE REPLIED ♪ ...
DIANA DALLAS ; QUEL NOM !, CETTE CHANTEUSE EST UN VÉRITABLE OURAGAN ... ESPÉRONS QU'ELLE NE SÉVIRA PAS TROP LONGTEMPS SUR LES ONDES ... JE PLAINS HOGIER ...
... DEMAIN NOUS SERONS À GAND, APRÈS-DEMAIN À LIÈGE ... NOUS AVONS UNE SUITE AU MÉTROPOLE ... EXCELLENT HÔTEL, N'EST-CE PAS ? ...
UNE VAGUE RESSEMBLANCE ... IL SUFFIT DE PEU DE CHOSE ! CE FERNANDEZ POURRAIT BIEN ME RENDRE SANS LE SAVOIR UN FIER SERVICE ...

18H30 ...
J'AURAIS PEUT-ÊTRE DÛ PRÉVENIR HOGIER... ENFIN... JE VERRAI BIEN...
JE... J'AI RENDEZ-VOUS AVEC MR FERNANDEZ.
LE VOILÀ JUSTEMENT !
MONSIEUR PLISSART ? VENEZ PAR ICI JE VOUS PRIE...
18H42 ...
JE NE VOIS VRAIMENT PAS OÙ VOUS VOULEZ EN VENIR, JE SUIS UN CITOYEN BELGE AU-DESSUS DE TOUT SOUPÇON ET VOS DESSEINS ME PARAISSENT INSENSÉS. BONSOIR, MONSIEUR !
18H45 ...
19H16 ...
EH BIEN NON, CE BRAVE PLISSART N'A PAS TRAHI. IL VA DONC FALLOIR CHERCHER AILLEURS À PRÉSENT...

JE VAIS DEVOIR ME REPLONGER DANS LES DOSSIERS DU RÉSEAU ... QUI SERA MA PROCHAINE "VICTIME" ... OUI ... ENTREZ !
JE SAVAIS BIEN QUE L'ÉTRANGER BASANÉ QUE MAMAN A VU ENTRER, C'ÉTAIT VOUS !
ÉLÉMENTAIRE, MON CHER THIERRY ...
OUF ! QUELLE JOURNÉE ! ET TANDIS QUE J'ESSAIE DE TROUVER LE MOYEN DE DÉPISTER LA TAUPE DU RÉSEAU MADOU ...
LA TAUPE, QUELLE TAUPE ?
AH ! TU NE SAIS PAS ? DANS NOTRE PROFESSION ON DONNE CE NOM AUX AGENTS DOUBLES ...
SANS DOUTE PARCE QU'ILS CREUSENT DES GALERIES DANS PLUSIEURS SENS ?
OUI, SI L'ON VEUT ... ET TU SAIS COMMENT ON PROCÈDE POUR FAIRE SORTIR UNE TAUPE DE SON TROU ?
EHH ... NON ! ...
LYS GAUTHY
A L'EMPIRE MUSIC-HALL
EH BIEN, ON L'ENFUME JUSQU'À CE QU'ELLE VEUILLE MONTRER LE BOUT DE SON MUSEAU ...
VOUS AVEZ DÉJÀ COMMENCÉ ? ET LA TAUPE EST SORTIE ?
NON, JE N'AI RÉUSSI QU'À ASPHYXIER UN HONNÊTE ÉGYPTOLOGUE, MAIS PARLONS D'AUTRE CHOSE : JE CROIS QUE JE VAIS AVOIR BESOIN DE TOI POUR MA PROCHAINE MISSION ...
CHIC ! JE COMMENÇAIS À TROUVER LE TEMPS LONG, M'SIEUR ISIDORE.

22 DÉCEMBRE AU MATIN ...
BON, ÇA IRA ...
DR BOGAERT, C'EST L'HEURE DE LA CONSULTATION.
LE PROFESSEUR VA VOUS RECEVOIR ...
OUF !, LE PLUS DUR EST FAIT ... MAINTENANT IL VA FALLOIR DÉJOUER LA SURVEILLANCE DE CETTE SECRÉTAIRE ... MAIS ...
AU REVOIR, MONSIEUR LE DOCTEUR, À DEMAIN ...

BON SANG, MAIS QUE FAITES-VOUS LÀ ?
J'ÉTAIS VENU, ENFIN... JE SUIS LÀ POUR UNE CHOSE ... EUH... TRÈS IMPORTANTE VOUS CONCERNANT ... MAIS SOY... SOYEZ SÛR QUE PERSONNE NE M'A VU ENTRER ICI ! VOUS AVEZ REN-... RENDEZ-VOUS CE SOIR À VINGT HEURES SOUS LA GRANDE HORLOGE DE LA GARE DU MIDI ET, EUH...
QUOI, MAIS QUE ME CHANTEZ-VOUS LÀ, MON AMI, QUI VOUS ENVOIE ?
JE... JE CROIS QU'IL A EU PEUR...
LE SERPENT NOIR... CELA VOUS DIT QUELQUE CHOSE ? VOUS NE TENEZ SANS DOUTE PAS À CE QUE CELA S'ÉBRUITE, MONSIEUR LE DOCTEUR ?
C'EST CE QUE NOUS ALLONS VOIR, JEUNE IMPUDENT ! ET D'ABORD VEUILLEZ FILER D'ICI AU PLUS VITE...

UNE HEURE PLUS TARD,
... ET PUIS J'AI BIEN VU QUE CELA LE TRACASSAIT... VOUS ... VOUS CROYEZ QU'IL N'A PAS LA CONSCIENCE TRANQUILLE ?
RIEN À CRAINDRE THIERRY ! LE DR BOGAERT EST UN FIDÈLE SERVITEUR DE NOTRE CAUSE... AUSSITÔT APRÈS TON HÉROÏQUE INTERVENTION, IL M'A TÉLÉPHONÉ POUR ME DIRE SON INQUIÉTUDE...
AH ?
ET CE QUI L'A LE PLUS ENNUYÉ C'EST D'AVOIR ÉTÉ SURPRIS EN TRAIN DE LIRE "NICK ET RUDY", LUI QUI PRÉTEND QUE CES CHOSES-LÀ SONT POUR LES GAMINS ! ...
JE DOIS PARTIR À L'ÉCOLE ... ET JE N'AI PAS EU LE TEMPS DE REVOIR MES LEÇONS
CELA FERA DU BIEN À ÉDOUARD DE PRENDRE UN PEU L'AIR... POURVU QUE RIEN NE VIENNE CONTRECARRER NOS PROJETS.

IL VA FALLOIR QUE JE RENDE VISITE À TOUSSAINT, J'AI PEUT-ÊTRE TROP TENDANCE À L'HONORER D'UNE CONFIANCE ABSOLUE... DANS CE MÉTIER IL NE FAUT JAMAIS FAIRE CONFIANCE À PERSONNE, LE CÉLÈBRE DESSINATEUR EDDY MORGAN UN AGENT DOUBLE, CE SERAIT UN COMBLE !
LA NEIGE ! ET, DANS TROIS JOURS, C'EST NOËL... CE DÉCOR DEVRAIT PLAIRE À EDDY... POURVU QUE CETTE AUBERGE SOIT BIEN CHAUFFÉE...
LE MOULIN DU MAELBEEK 2,5 →
MR TOUSSAINT EST-IL DÉJÀ ARRIVÉ ? JE NE VOIS PAS SON AUTO ?
EUH, SI, MADEMOISELLE... MAIS IL S'EST ABSENTÉ, IL Y A UNE DEMI-HEURE... IL A LAISSÉ UN MESSAGE POUR VOUS...
LE MOULIN DU MAELBEEK
Ma Chérie,
Je suis absol
désolé, mais je dois m'ab
pour quelques heures. Je se
de retour pour le souper.
A tantôt, je t'embr
C'EST ÉTRANGE... POURVU QUE...
ARNOLD... ARNOLD... CE NOM NE ME DIT RIEN... J'AURAIS PEUT-ÊTRE DÛ EN PARLER À HOGIER... TANT PIS, ON VERRA BIEN...

CE DOIT ÊTRE ICI... BRR! L'ENDROIT EST LUGUBRE...
PERSONNE!
QUI, QUI EST LÀ?...
CR
DÉSOLÉ, MR MORGAN!
... NON, VOUS N'AVEZ PAS FAIT ÇA!!!, COMMENT DITES-VOUS? AU CARREFOUR DE LA CHAUSSÉE DE LOUVAIN... OUI, JE VOIS, C'EST ODIEUX!!!...

AH ! ÇA DOIT ÊTRE ICI ...
MON DIEU, POURVU QUE... NON, IL RESPIRE !!!
LA VOITURE D'EDDY ... ABANDONNÉE !!!
UNE DEMI-HEURE PLUS TARD...
OÙ... OÙ SUIS-JE ?
EDDY, CE QUI VIENT DE SE PASSER EST TRÈS GRAVE... SANS L'APPEL TÉLÉPHONIQUE REÇU À L'AUBERGE TOUT À L'HEURE, TOUT CELA AURAIT TOURNÉ TRÈS MAL...
JE LE CRAINS...
VIENS, NOUS ALLONS ENTRER PAR ICI... INUTILE DE PROVOQUER LA CURIOSITÉ DU PERSONNEL.

PLUS TARD,,,
JE SUIS SÛRE QUE TU ME DISSIMULES QUELQUE CHOSE, EDDY,,, VOYONS, CE N'EST PAS RAISONNABLE, TA VIE EST EN DANGER, JE LE SENS À PRÉSENT.
PEUT-ÊTRE BIEN, MAIS JE PRÉFÈRE QUE NOUS NE PARLIONS PLUS DE CELA CE SOIR, JE SUIS FATIGUÉ. LE MIEUX EST QUE JE DORME MAINTENANT.
TU MANQUES VRAIMENT D'IMAGINATION LORSQUE TU MENS ! CE N'EST POURTANT PAS LA PREMIÈRE FOIS QUE TON COMPORTEMENT ME SEMBLE ÉTRANGE ,,, CETTE FOIS J'AI ENVIE DE TOUT SAVOIR !,,,
TU VEUX VRAIMENT SAVOIR? EH BIEN VOILÀ : JE SUIS VICTIME D'UN CHANTAGE, ET CETTE FOIS, JE ME SUIS MIS EN COLÈRE SANS PRÉSUMER DE LA FORCE DE MON ADVERSAIRE...
AH? ÉVIDEMMENT TU PRÉFÈRES ME LAISSER EN DEHORS DE CETTE AFFAIRE, C'EST BON, N'EN PARLONS PLUS.
JE PENSAIS QUE TU AVAIS CONFIANCE EN MOI,,,
L'OISEAU EST AU NID,,, JE CROIS QUE NOUS POUVONS FILER, HANS,,,

LE MATIN SUIVANT.
BONJOUR, THÉO! PUIS-JE EMPRUNTER TON TÉLÉPHONE?
FAIS COMME CHEZ VOUS, M'SIEUR ISIDORE. VOUS SAVEZ OBTENIR LA VILLE EN FAISANT D'ABORD LE TROIS...
ALLÔ, POURRAIS-JE PARLER À M. DELAIVE? EN RÉPÉTITION?... AH... BON... C'EST BIEN, JE SONNERAI PLUS TARD... MERCI...
CE DIABLE DE DELAIVE EST DÉCIDÉMENT INACCESSIBLE! C'EST LA SECONDE FOIS DEPUIS CE MATIN QUE J'ESSAIE DE L'ATTEINDRE... JE DOIS POURTANT M'ASSURER DE...
AVEZ-VOUS, POUR FINIR, ÉTÉ VOIR JOUER CET AS DE VAN BLOEMPOT AU WHITE-STAR FOOTBALL CLUB?
NON, THÉO, JE N'AI TOUJOURS PAS EU LE TEMPS... MAIS DIS-MOI, SAIS-TU SI L'ORCHESTRE EST DÉJÀ EN RÉPÉTITION DANS LE GRAND STUDIO?
ÇA TU PEUX LE DIRE! IL Y A BIEN UNE HEURE QUE TOUT TREMBLE ICI, ET ILS APPELLENT ÇA DE LA MUSIQUE LÉGÈRE!
CE N'EST ÉVIDEMMENT PAS LE MOMENT IDÉAL POUR LUI EN PARLER...
MAIS... CE N'EST PAS LUI!...

PEU APRÈS, AYANT DÉCIDÉ DE RENTRER CHEZ LUI, HOGIER QUITTE L'IMMEUBLE DE LA PLACE FLAGEY...
UN VRAI TEMPS DE NOËL N'EST-CE PAS, MONSIEUR HOGIER? THIERRY NE VA PAS AVOIR CHAUD POUR SON CAMP SCOUT !...
C'EST VRAI, J'OUBLIAIS! SES BAGAGES SONT-ILS PRÊTS ?
PRESQUE... IL EST ALLÉ CHEZ LE LIBRAIRE FAIRE UNE DERNIÈRE COURSE...
C'EST BIEN CE QUE JE CHERCHAIS...
C'EST COMBIEN POUR CELUI-CI, MONSIEUR?
DIX FRANCS, JEUNE HOMME.

AU FAIT, UN MONSIEUR TOUSSAINT A SONNÉ POUR VOUS... IL VEUT QUE VOUS LE RAPPELIEZ...
TRÈS BIEN, MERCI ! À TANTÔT, MADAME LAUDACIEUX.
TOUSSAINT ! Y AURAIT-IL DU NOUVEAU ?
ÉDOUARD TOUSSAINT ?... C'EST ISIDORE HOGIER, OUI. JE SUIS SEUL... MAIS JE PENSE QUE LE MIEUX SERAIT QUE JE VIENNE CHEZ VOUS... OUI... JE DOIS D'ABORD FAIRE MON ÉMISSION À L'I.N.R. JE SERAI CHEZ VOUS VERS DIX-SEPT HEURES. À PLUS TARD...
LE DÉMANTÈLEMENT DU RÉSEAU MADOU EST COMMENCÉ... TOUSSAINT EN FERA UNE TÊTE EN APPRENANT CE QUI SE PASSE...
IL DOIT ÊTRE TEMPS DE FILER À LA RADIO... L'ÉMISSION D'AUJOURD'HUI RISQUE FORT DE COMPORTER QUELQUES LACUNES...
JE LE FERAI DÉDICACER POUR THIERRY... EDDY MORGAN JOUIT D'UN TEL PRESTIGE À SES YEUX QUE CELA DEVRAIT LUI PLAIRE...

IL ME RESTE À VOUS DONNER RENDEZ-VOUS POUR NOTRE ÉMISSION SPÉCIALE DE NOËL ! JE RECEVRAI DES INVITÉS DE MARQUE ET J'ESPÈRE QUE VOUS SEREZ NOMBREUX À L'ÉCOUTE !
THÉO, APPELEZ-MOI UN TAXI, VOULEZ-VOUS ?
ALLÔ, JEFF ? DIS, C'EST THÉO ICI, TU SAIS M'ENVOYER UN TAXI ? TU LUI DIS QU'IL ATTENDE UNE FOIS EN BAS... DIS, JE NE T'AI PAS VU DIMANCHE, VAN BLOEMPOT A ENCORE MARQUÉ DEUX GOALS... ÇA EST UN FAMEUX CASTARD... QUOI ?... BON ALLEZ ALORS... EH BIEN JE RACCROCHE...
PLUS TARD...
COMMENT ALLEZ-VOUS ? JE PRÉSUME QUE VOUS NE VENEZ PAS SEULEMENT ME DIRE L'INTÉRÊT QUE VOUS PRENEZ À LIRE MES BANDES DESSINÉES ?...
NE VOUS SOUS-ESTIMEZ PAS, TOUSSAINT ! J'AI JUSTEMENT ICI VOTRE DERNIER ALBUM, J'AIMERAIS QUE VOUS ME LE DÉDICACIEZ...
C'EST ICI QUE JE PASSE LE PLUS CLAIR DE MON TEMPS... PARFOIS C'EST UN PEU FASTIDIEUX, VOUS VOULEZ VOIR ?
QUEL TALENT ! DITES-MOI, M. MORGAN, VOS ACTIVITÉS AU SEIN DU RÉSEAU VOUS INSPIRERAIENT-ELLES CES AVENTURES ROCAMBOLESQUES ?
N'EXAGÉRONS RIEN !

CONTENT DE VOUS VOIR, HOGIER... SI PERSONNE NE VOUS A SUIVI JUSQU'ICI... SACHEZ-LE, JE SUIS FLAMBÉ!
QUE DITES-VOUS LÀ? QUE S'EST-IL PASSÉ?
J'AI BIEN FAILLI FAIRE LE GRAND SAUT! SANS LA PRÉSENCE DE MON AMIE MARIE-VÉRONIQUE, LE RÉSEAU DEVAIT SE PASSER DE MES SERVICES...
UN GUET-APENS?
LE PLUS GROSSIER. J'AI VRAIMENT ÉTÉ NAÏF! BIEN SÛR, L'INDIVIDU QUI A MANQUÉ M'ENVOYER AD PATRES AVAIT UN FORT ACCENT ALLEMAND...
AVEZ-VOUS DES SOUPÇONS?
NON. JE CROYAIS OBÉIR AU RÉSEAU! JE VOUS L'AI DIT, SANS L'AIDE DE MON AMIE... JE... ÉVIDEMMENT, J'AI SANS DOUTE AGI À LA LÉGÈRE...
POUR LE MOINS, MON CHER TOUSSAINT!!!
EN FIN D'APRÈS-MIDI...
AH!, C'EST TOI, THIERRY! J'AI UNE SURPRISE... SIGNÉE EDDY MORGAN!
"À THIERRY LAUDACIEUX..." MAIS C'EST EXTRAORDINAIRE! MAIS QUAND L'AVEZ-VOUS RENCONTRÉ?
CET APRÈS-MIDI... ET, NOTRE "ARTISTE" M'A MONTRÉ SA DERNIÈRE PLANCHE... MAGNIFIQUE! TU POURRAS D'AILLEURS LA LIRE DEMAIN DANS "LE SOIR"... N'OUBLIE PAS!
Les aventures de NICK et RUDY
À Thierry Laudacieux amical souvenir...
Eddy Morgan

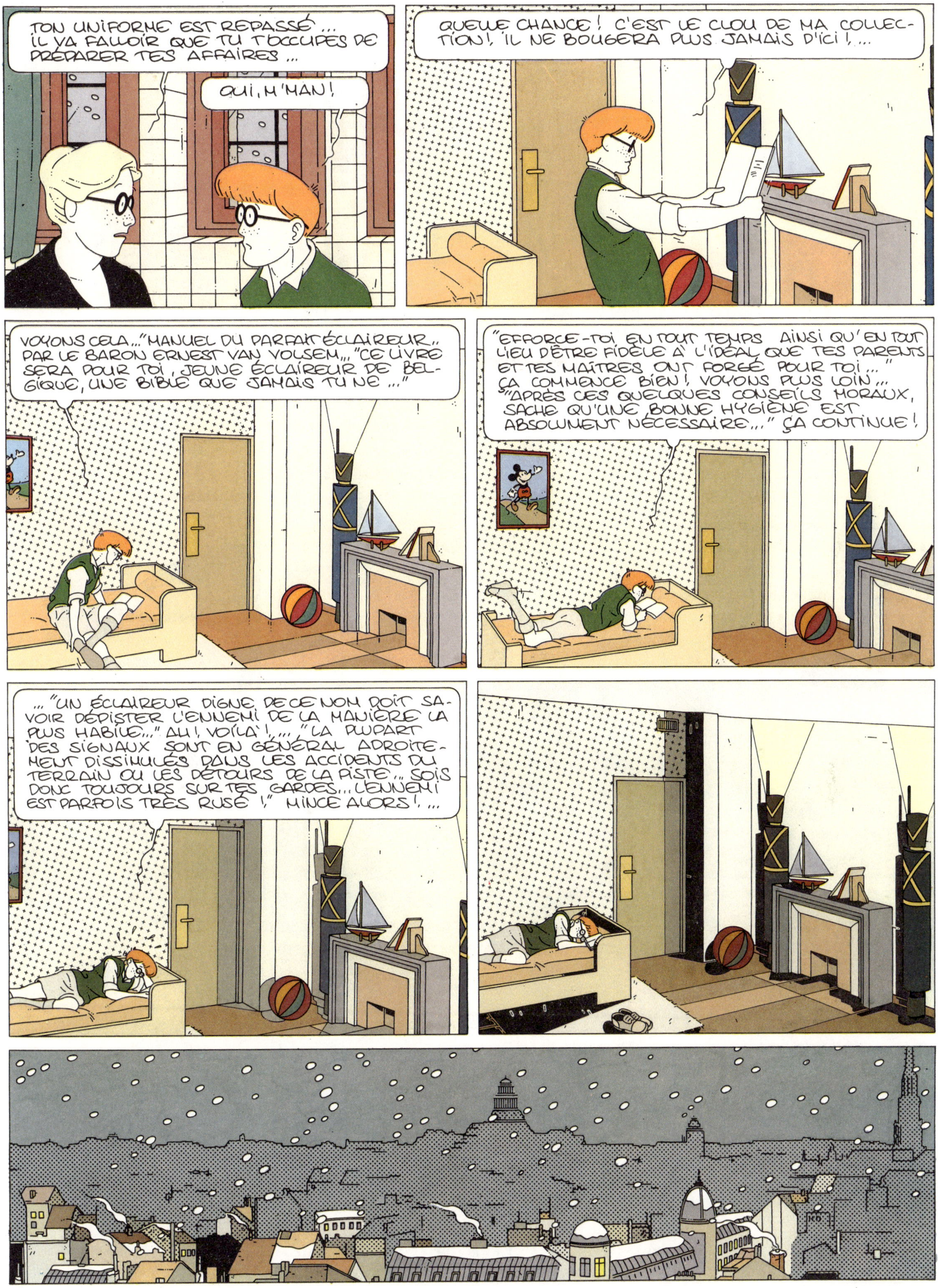
TON UNIFORME EST REPASSÉ ... IL YA FALLOIR QUE TU T'OCCUPES DE PRÉPARER TES AFFAIRES ...
OUI, M'MAN!
QUELLE CHANCE! C'EST LE CLOU DE MA COLLECTION! IL NE BOUGERA PLUS JAMAIS D'ICI! ...
VOYONS CELA ..."MANUEL DU PARFAIT ÉCLAIREUR" PAR LE BARON ERNEST VAN VOLSEM ... "CE LIVRE SERA POUR TOI, JEUNE ÉCLAIREUR DE BELGIQUE, UNE BIBLE QUE JAMAIS TU NE ..."
"EFFORCE-TOI EN TOUT TEMPS AINSI QU'EN TOUT LIEU D'ÊTRE FIDÈLE À L'IDÉAL QUE TES PARENTS ET TES MAÎTRES ONT FORGÉ POUR TOI ..." ÇA COMMENCE BIEN! VOYONS PLUS LOIN ... "APRÈS CES QUELQUES CONSEILS MORAUX, SACHE QU'UNE BONNE HYGIÈNE EST ABSOLUMENT NÉCESSAIRE ..." ÇA CONTINUE!
... "UN ÉCLAIREUR DIGNE DE CE NOM DOIT SAVOIR DÉPISTER L'ENNEMI DE LA MANIÈRE LA PLUS HABILE ..." AH! VOILÀ! ... "LA PLUPART DES SIGNAUX SONT EN GÉNÉRAL ADROITEMENT DISSIMULÉS DANS LES ACCIDENTS DU TERRAIN OU LES DÉTOURS DE LA PISTE ... SOIS DONC TOUJOURS SUR TES GARDES ... L'ENNEMI EST PARFOIS TRÈS RUSÉ!" MINCE ALORS! ...

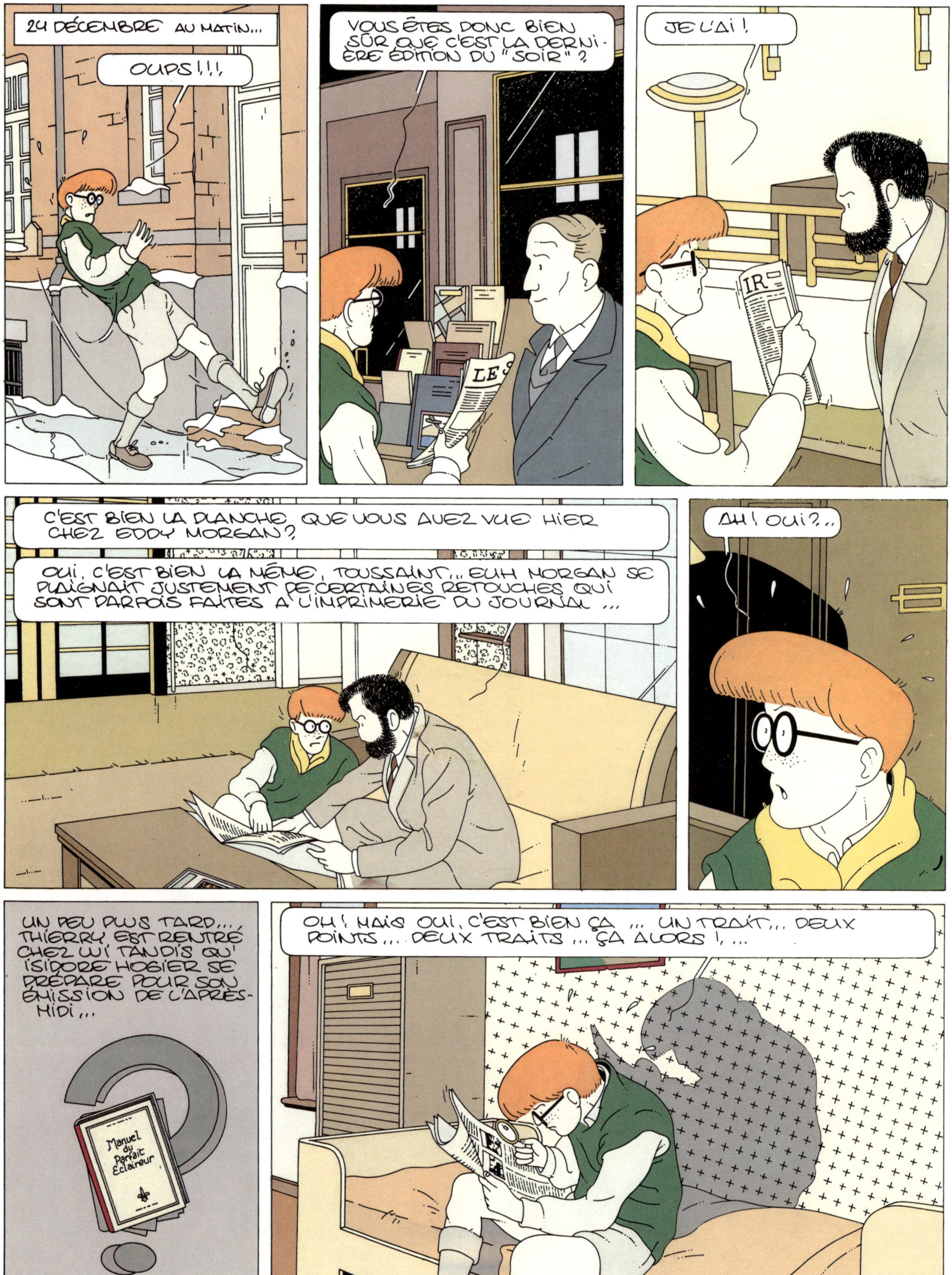
24 DÉCEMBRE AU MATIN...
OUPS!!!!
VOUS ÊTES DONC BIEN SÛR QUE C'EST LA DERNIÈRE ÉDITION DU "SOIR"?
LE S
JE L'AI!
IR
C'EST BIEN LA PLANCHE QUE VOUS AVEZ VUE HIER CHEZ EDDY MORGAN?
OUI, C'EST BIEN LA MÊME, TOUSSAINT... EUH MORGAN SE PLAIGNAIT JUSTEMENT DE CERTAINES RETOUCHES QUI SONT PARFOIS FAITES À L'IMPRIMERIE DU JOURNAL...
AH! OUI?..
UN PEU PLUS TARD..., THIERRY EST RENTRÉ CHEZ LUI TANDIS QU'ISIDORE HOGIER SE PRÉPARE POUR SON ÉMISSION DE L'APRÈS-MIDI...
Manuel du Parfait Éclaireur
OH! MAIS OUI, C'EST BIEN ÇA ... UN TRAIT... DEUX POINTS... DEUX TRAITS... ÇA ALORS!...

POUR CE RENDEZ-VOUS DE NOËL, TOUS LES AMIS DE L'ÉMISSION SONT AUTOUR DE MOI... ET PARMI EUX UNE SURPRISE POUR NOS TOUT JEUNES AUDITEURS : LE PÈRE NOËL EN PER-SONNE !!!
LE PÈRE NOËL N'EST PAS VENU LES MAINS VIDES ! COMME VOUS POUVEZ L'IMAGINER LA HOTTE QUI PEND SUR SA SUPERBE HOUPPELANDE EST PLEINE À CRAQUER DES CADEAUX QU'IL VOUS DESTINE !!! MAIS JE LUI LAISSE LA PAROLE...
EH OUI, CHERS AMIS, VOUS ALLEZ GRÂCE À MOI DÉCOUVRIR AVANT TOUT LE MONDE LES SUCCÈS DU JAZZ D'OUTRE-ATLANTIQUE, UNE MUSIQUE ENTRAÎNANTE QUI, PLUS QUE JAMAIS, S'EFFORCE D'ADOUCIR LES MOEURS ET DE MAINTENIR LA PAIX ENTRE LES HOMMES DE BONNE FOI...
PUISSE LE CIEL VOUS ENTENDRE, CHER PÈRE NOËL... TENEZ, JE VOUS AIDE À SORTIR LE PREMIER ENREGISTREMENT DE VOTRE HOTTE... IL S'AGIT DE "FUN IN HEAVEN" PAR L'ORCHESTRE DE WALT MURPHY, UN ROI DU STYLE NEW ORLEANS.
À PRÉSENT, MADAME BERTHE PIROTTE, LA CÉLÈBRE POÉTESSE, VA NOUS LIRE UN POÈME COMPOSÉ SPÉCIALEMENT À VOTRE INTENTION, ET QUI EST À SA FAÇON UN MESSAGE DE PAIX ET DE FRATERNITÉ !...
"ÉTOILE QUI RESPLENDIS AU-DESSUS DE LA CRÈCHE, ÉCLAIRE NOTRE RAISON, DARDE VERS NOS PAYS CETTE POIGNÉE DE FLÈCHES...
EUH ! MERCI INFINIMENT, CHÈRE AMIE, POUR CETTE BELLE LEÇON DE VIRTUOSITÉ POÉTIQUE... PUISSENT LES HOMMES AVOIR AUTANT DE SAGESSE.
QUAND AURONS-NOUS LE PLAISIR DE VOIR PARAÎTRE VOTRE NOUVEAU RECUEIL, CHÈRE BERTHE PIROTTE ?
ÉTOILE QUI RESPLENDIS AU-DESSUS DE... OH ! EXCUSEZ-MOI, JE VOULAIS DIRE : DANS QUELQUES MOIS, CHER ISIDORE HOGIER !

... NOUS POURSUIVONS CE PROGRAMME EXCEPTIONNEL AVEC UNE MAGNIFIQUE CHANSON QUE NOUS INTERPRÈTE UN DES MEILLEURS ARTISTES DE CE PAYS. ARTHUR CRÈVECOEUR : "CHRISTMAS EVE" ...
... AND EVEN IN HEAVEN, EVERYTHING IS FINE TODAY ...
TU DEVRAIS METTRE UN PEU D'ORDRE DANS TA CHAMBRE ... ET TES DEVOIRS, THIERRY ? TU FERAIS BIEN DE LES FAIRE AU PLUS VITE ... VAS-TU ENCORE ATTENDRE LE DERNIER JOUR ?
NE T'EN FAIS PAS, MAMAN, MES DEVOIRS SERONT TERMINÉS À TEMPS ...
JE L'ESPÈRE, SINON TU RISQUES BIEN D'AVOIR MAILLE À PARTIR AVEC LE PÈRE NOËL ...
LE PÈRE NOËL, LE PÈRE NOËL ! POUR CE QU'IL EST GÉNÉREUX AVEC MOI, ET PUIS D'ABORD ... J'AI MIEUX À FAIRE ...
C'EST QUAND MÊME DIFFICILE À CROIRE ... IL FAUT QUE J'EN AIE LE COEUR NET AVANT D'EN PARLER À MONSIEUR HOGIER ...

VOILÀ, C'EST L'HEURE...
IL DOIT Y AVOIR DES TAXIS PLACE DU SABLON...
UBO
CELA ME COÛTERA CHER POUR ALLER RUE DU PINSON?
POUR VOUS, MON PRINCE, ÇA FERA DEUX FRANCS CIN-QUANTE! C'EST NOËL!!!
ET OÙ VAS-TU COMME ÇA PAR UN FROID PAREIL?
C'EST... C'EST UNE AFFAIRE TRÈS... EUH... IMPORTANTE...
VOILÀ, RUE DU PINSON, C'EST ICI! JOYEUX NOËL!!!
C'EST TOUT ÉTEINT... VOYONS SI LA GRILLE EST OUVERTE... OUI!... FORMIDABLE...
ESSAYONS DE FAIRE LE MOINS DE BRUIT POSSIBLE... ON NE SAIT JAMAIS!

LA PRUDENCE EST MÈRE DE LA... EUH... SÛRETÉ !
JE DOIS ME MONTRER DIGNE DU MANUEL DU PARFAIT ÉCLAIREUR !
C'EST SANS DOUTE OUI ! MAIS ! ?...
VITE, À L'ABRI !
LA PORTE D'ENTRÉE... LE DANGER S'ÉLOIGNE... LA VOIE EST LIBRE...
RISQUONS LE TOUT POUR LE TOUT !...

C'EST SÛREMENT LA PORTE DE L'ATELIER,,, QUELLE DRÔLE DE PEINTURE !,,,
DIRE QUE C'EST DANS CETTE PIÈCE QU'EDDY MORGAN DESSINE SES HISTOIRES,,, SI JAMAIS JE ME FAIS PINCER !,,,
VOILÀ SANS DOUTE SA DERNIÈRE PLANCHE,,,, ELLE SEMBLE TERMINÉE, VOYONS CELA DE PLUS PRÈS,,,
MALHEUR !, L'ENCRE N'ÉTAIT PAS SÈCHE !,!!, QUEL IMBÉCILE JE FAIS,,, LE MIEUX QU'IL ME RESTE À FAIRE, C'EST DE FILER D'ICI AU PLUS VITE !!!
PENDANT CE TEMPS,,,
,,, BIGRE !, NOS AMIS D'OUTRE-RHIN SEMBLENT ACCÉLÉRER LES PRÉPARATIFS,,, TOUT CELA EST BIEN INQUIÉTANT !,,,
AH !, DES NOUVELLES PLUS GAIES,,,
LE PATRIOTE ILLUSTRÉ
D'un bout du monde à l'autre bout.
DIANA DALLAS poursuit sa tournée à travers l'Europe avec un égal succès.
QUI PEUT BIEN TÉLÉPHONER À CETTE HEURE-CI ?

AH ! C'EST VOUS, PUISSART... MON DIEU, J'AVAIS TOUT À FAIT OUBLIÉ ! ... CE SOIR ? MALHEUREUSEMENT, C'EST IMPOSSIBLE... OUI, LE RÉVEILLON DE NOËL ME RETIENT ICI... MAIS DÈS DEMAIN JE VOUS PROMETS DE PASSER AU MUSÉE... JOYEUX NOËL, PROFESSEUR !
PUISSART VIENT DE M'APPORTER L'ULTIME PREUVE DE SON INNOCENCE EN TOUTE CETTE AFFAIRE... MAIS J'Y PENSE ! IL FAUDRAIT ENCORE QUE JE M'OCCUPE DE CLARIFIER LA SITUATION DE DELAIVE !...
AU MÊME INSTANT, QUELQUE PART EN VILLE.
... ET N'OUBLIEZ PAS QUE TOUTE IMPRUDENCE RISQUE DE VOUS COÛTER TRÈS CHER ! HOGIER EST SUR UNE PISTE QUI PEUT D'UN INSTANT À L'AUTRE VOUS ÊTRE FATALE ! SACHEZ QUE NOUS NE RECULERONS DEVANT RIEN POUR ASSURER NOTRE SÉCURITÉ. BONSOIR !
DÉJÀ VINGT-TROIS HEURES ! MADAME LAUDACIEUX NE VA PAS TARDER À MONTER AVEC LE SOUPER... J'AI JUSTE LE TEMPS D'ALLER ME RAFRAÎCHIR UN PEU...
AH ! LA VOILÀ !
DRING
BONSOIR MONSIEUR ISIDORE ! THIERRY N'EST PAS CHEZ VOUS ? JE ME DEMANDE BIEN OÙ EST PASSÉ CE GARNEMENT !
... CETTE BONNE ODEUR DEVRAIT LE FAIRE ARRIVER AU PLUS VITE...
IL EST ENCORE ARRIVÉ DEUX COLIS POUR VOUS CE SOIR, MONSIEUR ISIDORE !...
C'EST BON ! JE DESCENDS LES CHERCHER !...
PENDANT CE TEMPS, JE VAIS DRESSER LA TABLE...

THIERRY ! D'OÙ SORS-TU ? TA MÈRE COMMENÇAIT À S'INQUIÉTER ...
JE... JE VIENS DE CHEZ EDDY MORGAN ! SUIVEZ-MOI, JE VAIS VOUS MONTRER !
LES PREUVES SONT LÀ, M'SIEUR HOGIER, SUR MON PUPITRE, PRENEZ MA LOUPE ET REGARDEZ !
JE NE VOIS VRAIMENT PAS OÙ TU VEUX EN VENIR !
NICK ET RUDY par Eddy MORGA
POUSSE SUR LE CHAMPIGNON, ILS NOUS ECHA
... LÀ, REGARDEZ CES HACHURES DANS LES DESSINS ...
BON SANG, JE CROIS COMPRENDRE... UN CODE ! J'IMAGINE QUE "NICK ET RUDY" DOIT AVOIR BEAUCOUP DE SUCCÈS AUPRÈS DES SERVICES SECRETS ALLEMANDS !
TOUSSAINT S'EST JOUÉ DE MOI !
MAIS JE NE VOUS AI PAS TOUT DIT... CE N'EST PAS EDDY MORGAN QUE J'AI VU CE SOIR ...
MANUEL DU PARFAIT ÉCLAIREUR 102
Un éclaireur digne de ce nom doit savoir dépister l'ennemi de la manière la plus habile, la plupart des signaux sont en général adroitement dissimulés dans les accidents du terrain ou les détours de la piste. Sois donc toujours sur tes gardes, l'ennemi est parfois très rusé ! Parfois même il fait usage d'alphabets spéciaux ou d'autres, créés de toute pièce :
ALPHABET MORSE
ALPHABET DES AVEUGLES
A B C D E F
ET RUDY par Eddy MORGAN
OUSSE SUR LE HAMPIGNON, ILS OUS ECHAPPENT
JE CRAINS FORT QUE CETTE FOIS NICK ET RUDY NOUS TIENNENT, A MOINS QUE ...

LA PERSONNE QUI "ÉCRIVAIT" SUR LES DESSINS D'EDDY MORGAN, C'EST...
... LA MEILLEURE AMIE DE CE PAUVRE DUPE : MARIE-VÉRONIQUE DE FLANDRES !
MAIS COMMENT SAVEZ-VOUS ?
MES PRÉSOMPTIONS, CES DERNIERS TEMPS, ONT SURTOUT PORTÉ SUR L'INSAISISSABLE DELAIVE ET SUR CETTE ÉLÉGANTE JEUNE FEMME... C'EST POURQUOI, L'AUTRE SOIR, J'AI PRIS MADEMOISELLE DE FLANDRES EN FILATURE.
... JE SAVAIS LE DESSINATEUR ABSENT, AUSSI JE FUS ASSEZ SURPRIS DE LA VOIR AGIR D'UNE FAÇON AUSSI ÉTRANGE... GRÂCE À TOI, CE SOIR, JE COMPRENDS CE QU'ELLE ÉTAIT VENUE FAIRE ! VIENS, À PRÉSENT JE DOIS TÉLÉPHONER DE TOUTE URGENCE !
QUELQUES INSTANTS PLUS TARD.
ALLÔ, ARMAND ? C'EST HOGIER... DÉSOLÉ DE VOUS DÉRANGER UN SOIR DE NOËL ! POUVEZ-VOUS DEMANDER AU SERVICE DE ME RAPPELER AU PLUS VITE ? MERCI !
ET MAINTENANT, MONTONS CHEZ MOI ! LA DINDE RISQUE FORT D'ÊTRE CALCINÉE !...

ENFIN !, DÉPÊCHEZ-VOUS DE PASSER À TABLE.
QUEL BEAU SAPIN, M'SIEUR HOGIER !,
TA MÈRE N'EST PAS RESTÉE INACTIVE CET APRÈS-MIDI, MON CHER !,...
UNE DEMI-HEURE APRÈS...
AH !,
PAUVRE MONSIEUR ISIDORE ON NE VOUS LAISSERA DONC JAMAIS TRANQUILLE !
DRIING
OSTENDE...
... MADOU ... ANNULÉ ... STOP... DÉMANTÈLEMENT SINGING BIRD ... INFORMATIONS COMPLÉMENTAIRES SUIVRONT... MISSIONS DELTA ET MIMOSA REPORTÉES ...
... RIEN DE GRAVE, Mme LAUDACIEUX ... VOTRE DINDE EST FAMEUSE !,
LE RÉSEAU MADOU N'EXISTE PLUS, THIERRY !, "L'OISEAU CHANTANT" A FINI DE FAIRE SES GAMMES !
C'ÉTAIT VOTRE NOM DE CODE !?
LONDRES...
... KENSINGTON JUNCTION... STOP... SINGING BIRD OVER...

JOYEUX NOËL !,
JE... JE CROIS QUE JE N'AI PLUS FAIM !,
À VOTRE BONNE SANTÉ, MES AMIS !
SI, ON OUVRAIT LES CADEAUX À PRÉSENT ? VOS AMIS VOUS ONT GÂTÉ, MONSIEUR HOGIER !, ...
COMPLIMENTS... VAN PEPERBOL... DIRE QUE JE L'AI SOUPÇONNÉ À CAUSE DE SES CONTACTS AVEC HECTOR...
... "AMICAL SOUVENIR D'EDDY MORGAN„ SIGNÉ TOUSSAINT... PAUVRE VIEUX ! UNE CRUELLE DÉSILLUSION L'ATTEND...
..."BONNE ANNÉE ET QU'ATON VOUS GARDE„ JE N'EN ATTENDAIS PAS MOINS DU CHER HOMME...
TIENS !, UNE LETTRE DE MARIE-VÉRONIQUE DE FLANDRES ...
Urgent et Confidentiel
à Mr. J. Hogier,
E.V.

MARIE - VERONIQUE DE FLANDRES
Cher Mr. Hogier,
Lorsque vous lirez ceci, il sera trop tard.
J'en aurai fini avec ce jeu stupide et
déshonorant. Je sais quelle menace pèse
par ma faute sur Edouard Toussaint.
Je l'aimais et je l'ai trahi. J'ai profité du
privilège offert par ma liaison avec
Edouard pour doubler les activités du réseau.
Un code dissimulé dans ses dessins m'a
permis de transmettre en toute impunité le
contenu de tous les dossiers réunis par vos
agents. Ils étaient tous destinés au Réseau
Jupiter, S.S. de Berlin...
J'ignore si vous me pardonnerez. Je pense
toutefois que ma mort, qui ne pourra vous
être imputée, aidera au colmatage de la
brèche ouverte dans vos services...
Croyez bien que j'ai apprécié au plus
haut point vos qualités humaines,
Hilda B. Kamuff
HILDA KAMUFF !?!...
BON SANG !, VA T'HABILLER, THIERRY !, NOUS N'AVONS PAS UN INSTANT À PERDRE !!! ...
OÙ... OÙ ... ALLEZ - VOUS DONC AINSI ?
JE SUIS DÉSOLÉ, MADAME LAUDACIEUX, ON ME RÉCLAME À L'I.N.R. ET THIERRY POURRA M'ÊTRE UTILE !
... DANS LE TAXI QUI LES EMMÈNE AVENUE LOUISE ...
LE SORT VIENT D'ABANDONNER HILDA KAMUFF... QUAND JE PENSE QUE CETTE FEMME EST RECHERCHÉE PAR TOUS LES SERVICES SECRETS D'AMÉRIQUE ET DE GRANDE-BRETAGNE !, JE ME SENS VRAIMENT COUPABLE D'AVOIR ÉTÉ SI PEU ATTENTIF À SON JEU ...
EDDY MORGAN LUI NON PLUS NE S'EST APERÇU DE RIEN ... COMME C'EST ÉTRANGE !, ...
L'AMOUR AVEUGLE PARFOIS LES ÊTRES, THIERRY ...

AH ! NOUS Y VOILÀ ... VOUS ATTENDEZ ICI CHAUFFEUR. THIERRY, TU NE BOUGES PAS. SURTOUT, SURVEILLE L'ENTRÉE DE L'IMMEUBLE ! ...
N'EST-CE PAS TOI QUE J'AI EMMENÉ HIER, RUE DU PINSON, PETIT ? ...
SI ! M'SIEUR : MONSIEUR HOGIER ET MOI NOUS NOUS OCCUPONS D'UNE IMPORTANTE AFFAIRE D'ESPIONNAGE ! ...
D'ESPIONNAGE, AH ! AH ! TU LIS BEAUCOUP D'HISTOIRES DESSINÉES, HEIN KET (*) ?
JE VOUS JURE ! ...
ET CE MONSIEUR-LÀ, C'EST SANS DOUTE UN ESPION DE MOSCOU ? ...
MAIS ! C'EST MONSIEUR TOUSSAINT ... JE VEUX DIRE EDDY MORGAN, LE DESSINATEUR DE NICK ET RUDY !
C'EST BIEN CE QUE JE DISAIS, TU LIS TROP CES BANDES ILLUSTRÉES, MON AMI, AH ! AH !
PENDANT CE TEMPS ...
MON DIEU ! ...

(*) KET : GAMIN.

QUELQUES INSTANTS PLUS TARD...
OUI, C'EST TERRIBLE, MAIS JE CROIS QUE C'EST MIEUX AINSI, TOUSSAINT, LE TEMPS CICATRISE TOUTES LES BLESSURES...
LE JOUR DE NOËL, UNE NEIGE ÉPAISSE RECOUVRE BRUXELLES.
CHER PROFESSEUR, QUELLE SURPRISE !
BONJOUR HOGIER, J'ÉTAIS SÛR DE VOUS TROUVER, JE NE VOUS DÉRANGE PAS ?
CE QUE VOUS ME DITES LÀ ME STUPÉFIE ! VRAIMENT SI J'AVAIS PU PENSER QUE J'ÉTAIS MOI-MÊME SUSPECTÉ... JE... OH... EXCUSEZ-MOI !...
JOSEPH-LOUIS DELAIVE SE TROUVAIT DANS LA MÊME POSITION. SES ABSENCES RÉPÉTÉES ME TRACASSAIENT. COMME JE NE PARVENAIS PAS À ENTRER EN CONTACT AVEC LUI, J'AI PRIÉ LE SERVICE DE LE METTRE SOUS SURVEILLANCE. J'AI BIEN CRU QUE CETTE ANGUILLE ÉTAIT NOTRE TAUPE !
VRAIMENT VOUS M'AVEZ COMBLÉ, C'EST UNE PARFAITE MERVEILLE !
TU ARRIVES À POINT NOMMÉ. PROFESSEUR, JE VOUS PRÉSENTE THIERRY LAUDACIEUX. DANS TOUTE CETTE AFFAIRE, CE GARÇON S'EST RÉVÉLÉ UN FAMEUX RIVAL DE SHERLOCK HOLMES ! JE LUI DOIS BEAUCOUP...

EUH... JE CROIS QUE NOUS DEVONS ALLER À LA GARE, MON SAC À DOS EST PRÊT, MONSIEUR HOGIER.
BON SANG!, J'ALLAIS OUBLIER... VOUS VOUDREZ BIEN NOUS EXCUSER PROFESSEUR, MAIS JE DOIS CONDUIRE THIERRY À SCHAERBEEK...
VITE, PRESSONS-NOUS!,...
7

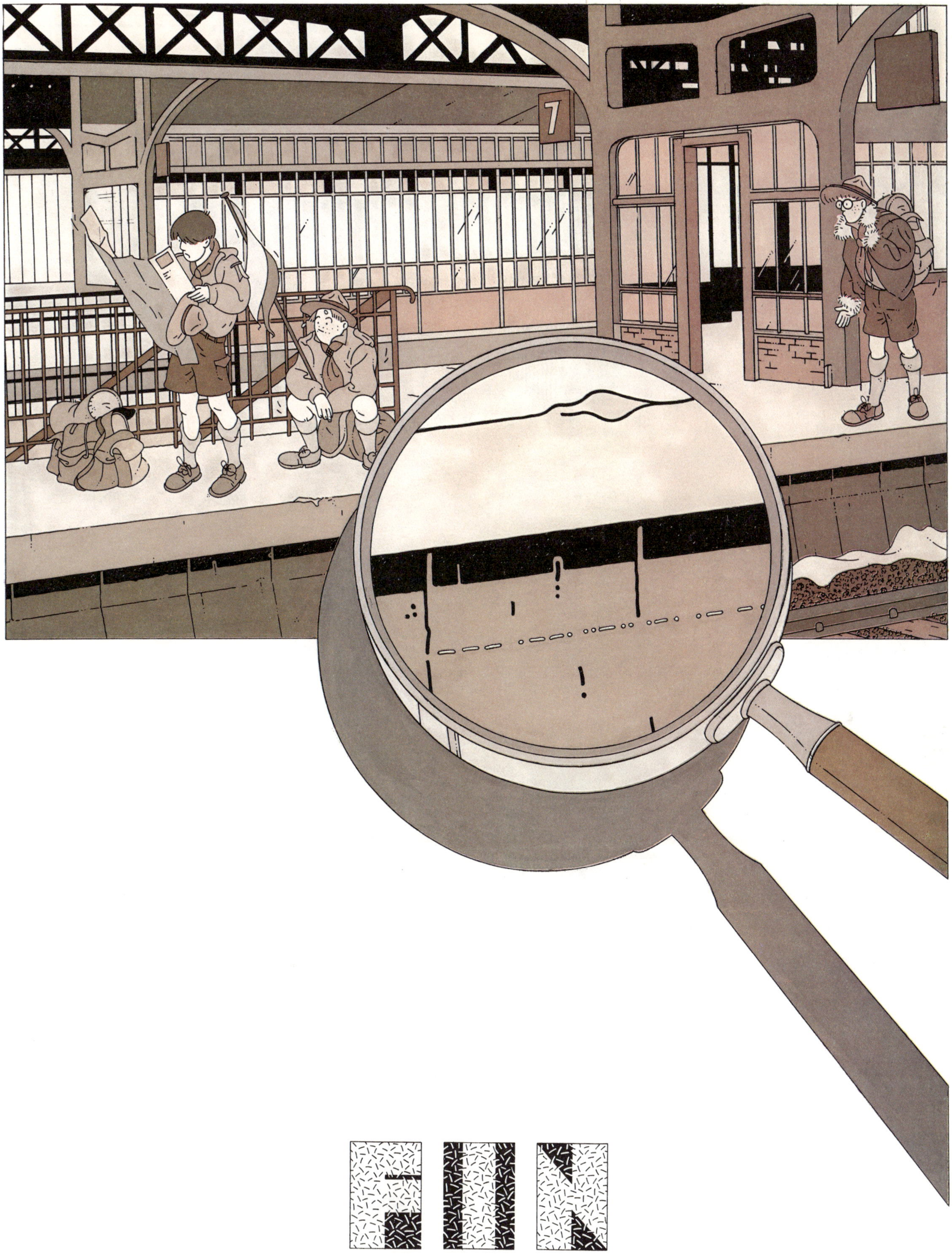

FIN

Imprimé en Belgique par Casterman, s.a., Tournai, septembre 1982. Nº édit.-impr. 2280.

INR NIR